KB181117

13월의 시

A Poem in the 13th Month

이상규

스토리텔러이자 화가 김서령의 작품

작가와비평

13월의 시

A Poem in the 13th Month

글머리

시간이 끌어오는 변화는
태양의 기울기이다.
이 시대의
태양은 너무 많이 기울어져 있다.
텅 빈 세련된 문명이 곳곳에 늘려 있다.
복원할 수 없이 기울어진
태양을 밀어내고
주술 같은 원시성을 채워 넣는다.

2016년 5월
이상규

차
례

글머리 • 5

1부

2부

3부

4부

1부

파란 피

내 몸에 흐르던 붉은 피가
파래졌다
늘 껴안고 다니던
몸이 느슨하게 되자
살 속 깊은 곳을
파란 피가
몰려다닌다

새로 길목을 낸 핏줄은
숨 가쁘게 굴러다닌
서늘한 세월의 흔적

다시는 되돌아가지 못할
기쁨과 슬픔을 매달아놓은
지난 젊음이 짓뭉개어진
그 파란 피로 바뀐

붉은 인연들
붉은 사람들

파란 피가 몰려다니는
숨 가쁜 몸은
지나온
뜨거운 세월의 흔적

시와 새

시의 글씨가 머금었던 먹물이 검은색에서 흰색으로 차츰 펼쳐지더니 남은 것이 아무 것도 없다. 하늘에 떠도는 내 여윈 영혼이 모여 생소한 문장으로 찍어낸 먹물 빛이 바래져 가고 있다. 날아가던 새들이 하나의 바다색 점으로 바뀐다. 점으로 점멸된 그 영상은 아무 흔적도 기억도 없다. 양장으로 제본이 된, 시인의 시집 갈피에는 텅 빈 공간과 한 치 앞을 볼 수 없는 짙은 안개와 물빛. 그 위로 활자들이 점점이 나는 검은 새가 되었다가는 소멸한다. 구원을 찾으려고 읽었던 시 한 편, 입김으로 훅 불어보니 망막에 허무하게 지워지는 새의 영상뿐. 소란스러운 파도 소리가 입으로 밀어닥친다.

비밀

살면서 잠시 기댈 곳이라도 없다면
어쩌지요.

차가운 콘크리트 지하도 바닥에
온갖 잡다한 세상의 소식을 찍은
신문지 네모나게 접어 덮고
종이 박스 위에 구겨진 채 잠든
굽은 등과 발가락만
세상 밖으로 내민

오래전에 포기해 버린
때묻은 발가락이 그려낸
꽃송이들 고개를 쳐들며
신문지에 싸여
잠들고 있다

오늘 이곳은 그가 기대는 유일한 세상
지하도 바닥에 내려놓은
한 때의 청춘은 온 데 간 데 없고
숨겨놓았던 발가락은
무심히 지나가는 이들의
시선에 비밀처럼 고개를 내민다

연필로 그린 흰 꽃

종이바닥을 긁어내면
저 깊은 바닥으로부터 서서히
드러나는
흰색 꽃의 흔적

부러질 듯 한 가지마다
꽃들이 매달려 있고
어둠으로 채워져 손이 닿지 않은 곳

지난 밤 하늘에 떠 있던
상현달이
여릿꽃으로 도드라져
숨어 있던 종이에서
고개를 내민다

어둔 하늘을 긁어낸

도톰한 종이에 불쑥 솟아 오른
여릿꽃이 아이들처럼
총총 매달려 있다

※ 이 작품은 내표지에 담은 화가 김서령의 꽃그림을 소재로 한 것이다.

청력 장애인

천 년 전의 소리를 듣고
미동하는 바람이 실어 나르는
표정도 듣고
색깔의 지워지지 않는 맛도
소리로 듣지만

아내가 끓이는 된장찌개 소리와
식사하라는 다정한 부름을
듣지 못하는
난, 청력 장애인

물가를 헤적이는 이슬방울의 파문과
점점 울림으로 퍼져
내 손 끝에 저리게 다가오는
시냇물의 지워지지 않는
소리도 듣지만

손녀 윤이가 가끔씩 외계인과
대화하는 소리를
잘 못 알아듣는
난, 청력 장애인

유천
-이호우 시비 앞에서

일제시대 흔적이 곳곳에 남아 있는 청도 유천 안마을. 솔바람타고 멀리 달아났던 이호우 시인의 목소리가 잿빛 구름 타고 되돌아온다. 고요히 흐르는 유천 물빛 살구꽃 붉은 빛으로 흥건하게 번지는 추억어린 마구간의 냄새가 내려 깔린다.

엉켜오는 외로움, 한가로운 나그네 달래는 풀빛 이호우 시인의 목소리가 흐려진 잿빛 하늘이다. 햇송아지 울음 대신 달리는 자동차 소음 사이로 간간히 드러내는 윤기 나는 포마드 바른 머리카락. 바람에 날리며 롱코우트 깃에 매달려 있던 추억이 한마당 굴러 나온다.

오누이 영도 아씨랑 함께 달리는 자동차 헤드라이트 시린 불빛에 고개를 숙인 채 유천 갈래 물길 지키고 서 있다.

마이다스의 손

손녀 윤이의 웃음소리는
마이다스의 손이다
추석에 다녀가면서
떨궈놓은 웃음소리
베란다 창가에 자글거리며 내려앉는다

온통 황금빛으로
쏟아져 나오는 웃음소리는
창문과 발을 담근 물과
불어오는 바람과
하늘의 별까지

손녀 윤이는
캐들거리는 웃음소리로
추석 무렵의 들안길과
이상화의 빼앗긴 들과 그의 침실과

갖고 놀던 장난감 자동차와
아내의 얼굴과
아침 배달 조간신문과
멍멍이와 침대와 소파와
훈민정음 해례본과
여진족이 쓰던 문자와
그리고 손녀가 머물던 빈자리까지 모조리

시작법

사람을 놀라게 해야 한다. 사람을 놀라도록 해야 한다. 사람을 놀라도록 해야 한다. 맞춤법 오류를 알려 주는 붉은 선이 이제야 멎는다. 예측불허의 상황을 만드는 언어 조합의 힘이 매력을 갖도록 생기를 불어넣는 시어가 타박타박 순진하게 따라온다. 놀라게 하지 못하면 실패한 시야. 유혹하지 못하면 매력 없는 시야. 사람 사는 것도 마찬가지 원리일까? 페이스북에서 가끔 이 나라가 썩어 문드러졌다는 분리주의자들의 고발에 간 떨어져나간 지 오래되었다.

하루일과

일찍 점령군이 되었다.
햇살의 기울기에 따라
빗나가는 과녁의 표적
그 한가운데
눈알이 하나 박혀
길거리 바람을 읽어낸다.
텅 빈 뇌 속의
신경과 세포의 바쁜 움직임
어둠의 기울기에 따라
헛발질 하는 발차기
한 바다가 출렁인다.
닻이 없는 배는
끝없이 출렁거리며
흘러가고 있다.

긴 부대

출발하는 곳과 끝나는 곳
물이 들락거리고
소리는 다른 음향으로
조화를 이루는 내 몸.

시들하다가
세차게 꿈틀거리기도 하고
붉은 피와 푸른 피가 좌우
뒤섞여 흐르며
상상과 미움과 사랑을 엮어내어
소리치는

잠시도 쉬지 않는
톱니바퀴가 없는
연한 동물.

살로 만들어진 긴 부대
살과 뼈 속에 갈기갈기
숨겨 놓은
생각과 그리움
미움과 증오

멈추는 그날
이 부대의 부피는 갑자기
줄어들 일이다.

꿈

밤은 어둠의 잠이 머무는 길목이자
그 길을 나서는 출발점
잠은 언제 되살아날지도 모르는
내 죽음의 소생이다
꿈은 나를 훨훨 날아다니게 하거나
내가 삐끗 발을 헛딛어도 넘어지지 않게 하는
마법의 놀이터

언젠가 이 놀이터를 빠져 나가면
이승과 이별하고 새로운 정거장을 만나겠지
떠나는 차가 없어도 꿈에 실려 갈 어둠
가득 차 있는

13월의 시

시전문지 13월 호에 실린 나의 시를 아무리 읽어봐도 뭔 소린지 모르겠다. 누가 썼는지도 모르겠다. 시가 이데아라고? 구원이라고? 시가 그렇게 위대하다고? 시의 위의(威儀)라고? 한 때의 상처와 마주했던 언어라고? 아팠던 상흔의 기억이라고? 오랫동안 단어들에 익숙한 한 사람이 단어 옆에 단어와 나란히 포즈를 취하고 있었다. 오랫동안 시에 익숙한 사람이 시 옆에 시와 나란히 멍청하게 서성거리고 있었다. 값비싼 종이에 인쇄된 먹으로 깊이 눌러 찍어낸 내 시의 가려운 혓바닥, 13월의 시를 나는 찢어버린다.

그러자 그 자리엔 푸른 나무 한 그루가 솟아났다. 영성의 땀방울이 찢어진 종이 잎에서 꿈틀대고 있었다.

따뜻한 나무

차랑차랑 쇳소리 울리며
밀려오는 겨울 바다 건너
송화 가루 흩어뿌린 연록색 바다에
봄이 와서 발 담근다
겨울 바다를 거닐던 발자국 지워진
자리 물새들 내려 앉아
세월의 물 깊이를 재는
총총 걸음 따라서
잦아지는 가을 낙엽
두둥실 파도에 떠 있네.

별

어둠은 황금빛
퍼들거리며 살아 있는
별
그 아래에 나 있는 고적한
밤하늘을 날아서 올랐습니다

어제 유명했던 야구선수가
이곳에 따라 올라왔고
내일도 또 그 다음 날도
추렁추렁한 별이
뜬 밤하늘로 사람들은
줄을 이어 날아 올 것입니다.

내 손엔 아무 것도 없지만
아름다움을 느낄 수 있는
별 같은 밝은 마음이 있습니다

북소리

저 숲속의
북소리가 보이지요
쓰레기통에
버려진 인형도
무슨 이야기를 하는지
보이지요

아프니까 하루하루가 신의 선물
귀로 들리던 소리가
눈앞에 와 속삭이며

모두를 위한 사랑의 노래가
얼마나 기쁜 선물인지
희생의 사랑은
사람들에 대한 살아 있는 약속

저 숲속에서 울리는

침묵의 북소리가 보이지요

2부

어매

어머니의 방언
몸으로 그 이름을 불러 본다.
추억을, 그리움을, 슬픔과 기쁨을
그 무엇이라도 금방 불러다 주는 힘을 가진
아들의 엄마

손으로 잡을 수도
말로 할 수도 없는
몸에는 늘 여물 냄새가 배여 있는
그저 그렁그렁한 눈으로 말을 하는
송아지의 엄마

추억

어머니는 가끔 양동마을 이끼 낀 기왓장 위에 앉아 울고 있거나, 유년의 동무와 모를 심는 들판에서 논 물꼬를 타고 있거나 손을 넣어 잡는 붕어나 못바닥의 흙을 뒤집어 잡아내는 미꾸라지를 보고 있거나, 맑은 물 아래 다슬기와 뱀장어의 미끈한 손 느낌 속에 살아있다. 마늘잎 저리와 토장의 넉넉한 냄새와 손을 잡고 부추 부침개를 다독거려 구워낸 새참을 들고 있고, 그 입맛과 냄새에 배여 있는 입속에도 있다. 60년대의 버스 매표소와 70년대의 버스 운전수의 모자와 또 모심기 하는 들판을 가로질러가는 버스에서 엄마는 제비처럼 날아간다. 동네 이장을 만나거나 동창회에서 동무들을 만날 때면 꼭 함께 나오시는 어머니.

유성

짧은 꼬리를 드리우면서
산화하는 명이 지독히 짧은 별
인간이 만든 그 어떤 역사에서도
언급할 수 없는 당당한 신화
거룩하고도 엄숙한 인간들의 환상
바라보는 숱한 사람들
그리움의 기억 속으로 침몰해 가는
소리 없는 움직임
건너지 못하는 강은 깊은데
그 깊은 강의 여울을 건너뛰는

쉽게 사라지지 않고
흔적으로 남아 있는 것
그리움이라는 인간이 만들어 놓은 덫
쏟아지는 우수
긴 장맛비가 잠깐 걷힌 밤하늘에

우윳빛으로 분산되는 구름에 가린
달빛 속에서
다시 빗줄기 쏟아지는 틈 사이로
아무 이유 없이 산화해 가는 철없이 쏟아지는
기다리는

햇살과 달빛

달빛 길을 잃으면 비가 되어 내린다
태양이 신화 같은 혼돈으로 빚은
투명한 눈물방울이 이 땅에 내리면
다시 비가 된다
햇살에 건조한 피부가
생기를 회복하는 촉촉한 물기

표충사 대웅전 처마 끝에 매달린
물고기 풍경
온몸을 적시는 낙하하는 빗방울은
혼돈스러운
신화의 살빛

빗줄기는 달빛이 되고
다시 햇살의 눈물이 빗발이 되는 억만 겁의
공간에 일어나는 비바람에

맑은 풍경 소리가
빗물에 흠뻑 젖고 있다

개불알꽃

햇살이 더 달아오르기 전
길섶에 핀 개불알꽃
잎새에
송골송골 맺힌
이슬방울
온 세상을 다 염탐하고 있다
욕망과 단념은
도드라지게 또렷하다

도시, 바람만 흔들리고

은행잎이 길바닥을 노랗게 물들 무렵
내가 자란 도심의 후미진 길을
내 삶 또한 물들어 가는 어느 날
쓸쓸한 그 골목길을 걸어 본다

이웃집 마부(馬夫) 윤 씨의 생명줄
말 마구간, 코를 벌숨거리던 수말은
불 꺼진 창 윤곽에 걸려있고
김 목수 집 불 꺼진 대문
인기척이 없는 거미줄엔
어둑한 도시의 먼지를 잔뜩 매달고
바람만 흔들리고 있다

애틋한 추억의 명덕 로터리
이 참나무 언덕배기 마을에는
깨진 유리 창틀에 찢어진 비닐만 펄럭이며

빈 방안 어둠의 공기를 빼내고
예쁘고 곱상하던 어머니와 함께
계추를 하던 내림 무당 성모 엄마도
구멍가게 주인 주희 엄마도
마구간 길성이 엄마도
대장간 경수 엄마도

어둑한 도시의 먼지로 매달려
옛 기억만 허전하게 남아 있는 골목길
바람만 흔들리고 있다

모음의 탄생

모든 소리를 한 점으로 몰아
하늘의 원리 '·'를 만들고
밝아 오는 'ㅏ'와 점점 깊고 어둑해지는 'ㅓ'
오른쪽 하늘과 왼쪽 하늘의
그 끝없는 거리와 심원한 인연
다시 땅 위에 선 하늘 'ㅗ'를 부르면
세상이 열려
안드로메다에서 울려오는 진동이 있고
이를 뒤집으면 'ㅜ'가 되어
땅 속 마그마와 맞닿아 펄펄 끓어오른다
말소리는 다 사람이 만든 일이라
사람과 하늘 그리고 땅이 뒤섞이고 분리되어
빚어내는 모음
·, ㅡ, ㅣ 셋으로 어미 소리를 다 불러내고
하늘과 땅의 도(道)로 소리하는
육중한 힘이 무채색으로 피어오른다

늘 누워 있는 여자

화가 방정아는
캔버스를 가득 채운 건물의 옥상이나
출렁거리는 바닷가 거친 돌섬 위에
나신으로 누워 있는 여인을 배치한다
눈도 코도 보이지 않는
작은 모습으로 드러누워 있다

화가 이수동은
달과 나무 사이에 반쯤만 드러낸
여인, 눈도 코도 보이지 않게
조그마한 모습으로
뒷모습만 드러낸 채 서 있다

침묵을 잉태하는 여인
내 따뜻한 한마디 말을 던지면
곧장 돌아서 등 돌려 달려올까

영원히 일어나지 못 할 여인을
화폭에 가둔 화가만이 들락거릴 수 있는
닫힌 공간
그 여인은 도시 사람이다

모국어

사람들 사이에서
험난하게 부대끼면서 살아야 하는
운명을 타고 났다
어두운 밤하늘에 부산하게 반짝이는
별

흩어져 있지만
견고한 짜임과 결속으로 이루어진
이 땅 사람들의 위대한
생명

때로는 질곡 속에서
살아남아야 하는 생존을 고뇌하다가
때로는 별들의 길목을 지키는
유성

숱한 사람들이 만들어 내는
위대한 창조와
찬란한 지식과
믿음을 지키는
숲

남성현 고개

해금과 바이올린이 살을 섞는다
산등성이 차고 오르는 바람과
들판을 거슬러 오는 잔잔한 숨결이
몸으로 껴안는
멀리 보이는 경산 남성현 고개
겨울 하늘 달빛 저문 물결에 맞닿았다

나뭇잎 스쳐가는 풍경 소리
나무숲에 가렸던
새소리 더욱 청명하다
멀리 홀로 가는 노승 자박자박
종종 걸음 산마루 넘어간다

[해설] 동양악기와 서양악기가 살 섞으면 무슨 소리가 날까? 남성현 고갯마루 구름 따라 노승의 실루엣 하나 너무 고적한데, 누워있는 불상처럼 생긴 구름이 흐르고 나니 밤 새가 청명하게 울고 있다 아! 그리움도 노승 따라 가네

뒷모습

조각난 거울 앞에서
연탄 화덕에 달군 고대기로
머리칼에 웨이브를 넣느라
제법 긴 시간을 그렇게 보내던
여인

꼼짝 않고 등 뒤에 앉아 바라보는
누구의 눈빛도 의식하지 않는
가장 행복한 뒷모습
짧은 청춘의 추억

유난히 붉은 립스틱으로
입술을 칠하며
화장대 거울에 마주친 눈빛
등 뒤에 서 있는 자를 향해 싱긋 웃는
여인

'여원'의 잡지 표지화에서
'알레강스'로 진화하는
짧은 청춘들,
그 미혹한 여인들
등에 묻어 있는 오래된
그리움

행복이라는 판타지를 매일 매일
얼굴에 그려 넣는
이 세상의 뒷모습을 그리는
여인들

미추왕릉

손에 쥐었던 돌도끼 내려두고
뼈마디가 다 일그러진 돌무덤
구멍이 난 유골의 눈두덩과 콧구멍

천년 세월의 밤하늘이 깃들고
몇 개 남지 않은 잇빨 사이로
흙바람 들락거리는 공기의
흔들림이 들려온다

다시 일어서려는
모진 천년의 꿈은 별이 되어
어이 저리 먼 하늘에 있을까

전사의 몸이
정지된 그 오랜
좁은 돌무덤 속에 유폐된 시간을

되돌려 보려는 꿈의 거실

이젠 신석기 돌무덤 이름표를 달고
이승 사람들과 마주치는
허망한 눈빛
그 심연의 거리를
구경하는 그대 또한 언젠가

그렇게 식어 다시는 일어서지 못할
구멍이 난 유골의 눈두덩과 콧구멍

난청과 이명

오른편으로 누웠더니
깊고 넓은 고요의 바다가
암흑처럼 밀려 왔다

고개를 돌리면
밀려오는 소음의 흔들림이 차츰
커지는 난청의 벽을 보았다

눈으로 소리의 깊이를 측정해야 하는
더 넓고 깊은 고요의
바다 앞에 서 있다

똑딱똑딱하는 소리의 울림
켜켜이 다른 수란스런
바람소리가 내 머리의 반을 차지하는
경이로운 다른 세계가 있었다

고요의 문턱을 넘어서는 황홀함은
이승의 결절(結節)
그 마다마디 새로운 청음의
바다를 일으킨다

암캐의 외출

길이 잘 들여진
우리 가족과 동거하는 베리
유난히 검고 윤택한 털빛
두 살짜리 암캐

집 나간 지 며칠이 지났다
똥오줌 잘 가리고 내 곁에
벌렁 누워 나와 눈을 마주치던
영특함으로
다시 집으로 돌아오리라는 기대가 어긋나던
며칠 뒤

아내는 속이 상해
아주 실한 개목걸이를 사서 손에 든 채
후미진 동네 골목길을 몇 시간
헤매었다

중국에서 밀려온 황사가 어둠까지 몰고 와
어둑한 날 골목길 가운데 놀이터 숲 속에
여러 마리 수캐 사이에 둘러싸여
주인이 다가서는지도 모른 채
수캐의 숨찬 거품을 깨문 한낮의
하혈하는 쑥스러움을 감추려는 듯이
컹컹 짖으며 아내 품에 달려와 안긴다

철쇠로 만든 개목걸이를 하고
집을 찾아오는 아내의 등 뒤

서쪽 하늘이 중국 황사를 걷어내고
유난히 붉게 물든 하오 다섯시
오방의 하늘은 하나의 작은 점이다

수련 별곡

조그마한 옹기 너럭에
해찬물 머금은 수련 잎이
창가 햇살 기울기 따라
고개를 돌리는데

주름진 손으로 잎사귀를 건들면
간지러운 듯 몸을 옴츠린다

구석진 방 안쪽
나를 향해 옹기 너럭
방향을 틀어놓고
돌려놓고
당겨도 놓으면

이른 새벽잠 깨어
창가 수련을 바라보니

다시 넘쳐올 아침햇살 맞으려
고개 돌려 첫 햇살 가리키누나

돌려놓고 또 당겨놓아도
다시 몸 돌리는

긴긴 밤들이 포개지는
하늘 별빛 향해 녹색 빛 연한 몸을
다 맡긴 애련한 수련잎은
해 찬 물길 머금으며
또 하루 비켜간다

죽음의 부활

삶의 연속선상에 있는 죽음
죽음은 초월적인 우리의 일상이다

이기심이나 욕망을 눌러주는 조정자이기도 하고
죽음과 이승이 단단하게 연결되어 있다

죽음은 늘 이승을 끌어당기고 그 인력에
조금씩 다가서면서도 눈치 채지 못하는

누구나 맞이해야 하는 환희의 정거장이기도 하고
한 번은 꼭 발을 디뎌야 하는 순정의 일상이다

자작나무와 바람

바람은 잠시도 멈추지 않는다
나뭇잎은 한순간도 이야기를 멈추지 않는다
빛을 받아 반짝거리는 이야기는
오랜 옛날부터 이어져 온 존재의 형상
언제쯤 쉴 날이 올까 쉼직한 순간
방향을 고쳐 잡은 바람 길이 열리면
또 다른 그림으로
폭풍우가 내리치면 찢어지는
바람 빛 피를 쏟아내고
눈이 내릴 쯤은 솜털 돋은 잎새는
다 지고 만다
싸리 빗자루 같은 여윈 나뭇가지는
허우적거리며 끊임없는 시간을 이어 간다
자작나무 잎새에 내 꿈이 담겨 있다

3부

몽환, 강이천을 만나

의금부 뜰에서 추국을 받던
강이천이
장살에 해어지고 터진
핏물에 짓이겨진 볼기짝
드러낸 채
오늘 밤 나를 찾아 왔다
발목까지 내려간 바짓가랑이를
올리지 않은 산발한 모습으로
그는 천천히 불량한
세상의 변화를 꿈꾸는
나를 찾아왔다

불확실한 제도의 틀에
갇혀 잃어버린
이 세상 사람들의 상상력
인륜, 도덕, 덕목이라는 빈틈없는 격자를

결코 허물지 못한 강이천은
내 침대 곁에 누워 숨을 거두었다

손에 쥔 천주님 묵주가 핏물에 젖어 있었다
눈물에 젖은 몽환의 밤은
무척 짧았다
아침 여명, 보랏빛 안개가 되어 서서히
퍼져가면서 밝은 아침이 찾아왔다

그의 꿈
불량했던 상상력은 많은 시간이
흘러 비로소 꽃으로 피어났다

몽환

밤길이 달빛 묻어 강물 자락처럼
가물거리며 이어진다
산등성이를 날던 새들이 바람 일으켜
꿈에 불러온 어머니가
옆구리에 칼을 맞고 쓰러졌다

십오륙 년 전 돌아가신
어머니 제삿날
삼헌 드릴 제관이 없어
서둘러 상을 물린 파제삿날 그날 밤은

전설 같은 지난 생각에 슬펐다
머리끄댕이를 움켜잡은 할머니가
손을 놓을 때까지
꽥소리 한마디 못하고 눈물만 쏟아내던
갓 서른 넘긴 어머니

지독한 양반 권력에
오늘밤에도 피를 쏟아냈다

누임 조금만 기다려 보세요
좋은 시절 올 낌니더
말을 끝내기 무섭게 뒷산 파계재 너머로
떠나간 속칭 빨갱이 외삼촌

정지문에서 몇 발자국
눈물이 앞을 가려 나서지 못하고
가물거리는 외삼촌 뒷모습만 쳐다보던
그 외줄기 산길 긴 나무숲은
바람에 부들거리고 있을 뿐이었다
그 길이 영영 하직 길이었음을
알았을까

잠에서 깬 창밖은
눈발이 휘날린다
삼헌 드릴 제관이 없어
외로워 서둘러 상을 물린
파제삿날 그날 밤은
꿈속에서도 슬펐던 모양이다

투먼강

거란의 수령도 건주 여진 병사도 건너다니고
편발에 물고기 껍질로 누인 남루한 옷 걸친
동여진 어떤 사내 건너와
수줍음 많은 고려 여인
강냉이 밭에서 가슴 풀어
흑룡강 찾아 야반도주 하던 날
거센 눈포래 온 산과 들을 뒤덮었다

서걱거리던 강냉이 잎사귀 마른 온기
내 살갗에 아직 남아
영고탑의 징징거리는 퉁건 소리
잦아지는데

한쪽으로만 휩쓸리는 소나무가지의 손길
그 사이 파고드는 윙윙거리는 바람소리
츱잖았다

아직 언어가 소통되지 않으나
아올한 속내는 다 보인다
회령 마을 떠나던 밤

적막 어둠 사이로 컹컹 짖어대는
여우 울음 바람 타고 예까지 들려오누나
회령 관비로 몸을 던진 지
어제 같은데

동여진 찬바람 견딜 만하구나
갈길 재촉하며 번지는 어둠 사이로
희미하게 동녘 햇살 뻗쳐 온다
온기 잃은 이 땅
내 발 디디니
사내 가슴보다 더
깊은 혈맥의 사랑이 남아 있구나

언제부턴가

내가 만난 사람 날 찾던 사람
모두 사랑했어요

언제부턴가
사랑이 날 떠나가데요
기다리지도 말고
만나서 즐거웠던 추억마저도
날 두고 떠나가데요

그래도 기다려지는 마음
시간 사이로 묻어오는
바람뿐인 걸요

어둠에 묻혀가는 앞산의 실루엣
빽빽한 아파트만 숲을 이루어
병풍처럼 둘러쳐 있고

오고 가는 발걸음 멈춘
가로등 외로운 불빛
어둠을 삼키고 있네요
그래도 떠나간 사람들
기다리고 있어요

바다

파도가 일으키는
바다 물빛은 그 깊이에 따라
나비의 날개처럼
형형 색깔이 다르다
늘 세로로 일어서려는 끊임없는
반란을 하지만
옅은 바다는 더욱 투명하고 고요할 뿐이다
저 속 깊은 바다의
짙은 물빛이 어두워 보이지만
에메랄드 빛 옅은 바다가 일으키는
물보라가 어이 알겠는가
절대로 일어설 수 없다는
한계도 잊은 채
저 바다는 단 한 번도
출렁거리는 살갗을 말리며
세로로 일어서려는

그 꿈을 접지 않는다
푸른
나비 한 마리 날아 오른다

이정표

나는 표류한 배처럼
아직 찾지 못한 항구의 불빛
그 머나먼 길을 숨차게 거슬러 왔지만
아직 끝없는 대양의 한가운데
표류하는
나그네 같은 배
언제 닻 드리울
사람들이 웅성거리는 항구를 찾을 수 있을까
피곤에 지친 몸을 다스리며
백목련 활짝 핀 봄의 입김
맡으며 소금기에 젖은
항구의 사람들과
그들의 옷깃에 죄여드는
거친 삶의 한가운데
함께 섞여 살아갈 날이 올까
풀려지지 않은 내 삶의 매듭을

그냥 대동댕이쳐 놓고
파도 속으로 휩쓸려 갈 날이 올까

유월의 꿈

먼 산을 바라다본다
유월의 저 찬란한 녹색의
향연을 사람들이 만들어 낼 수 있을까
산을 안고 있는
청청 푸른 하늘을 보라
잊어버렸던 어린 시절
떠가는 흰 구름의 조화를
어이 인간들이 만들 수 있을까
겸허한 녹색의 유혹
찬란히 내뿜는 유월의 겸허를 배워라

밤은 그냥 어두워야 하는 거야
그러나 너무 어두운
구석진 밤은 때론 무섭기까지 하고
그래서 밤은 낮보다
짧기를 바라는
사람들의 희망을

남천강

구름도 지쳐 걸려 있는 산허리에
어미 찾는 산 꿩 울음 사이
나뭇잎 애절하게 흔들린다
구름 쏟아지는
능개비 자락에 묻어오는
산 꿩 울음
고개 숙인 할미꽃도 서러워
손짓 보낸다
새끼 산 꿩 날갯짓 일으키는
비바람 불어온다
점점이 멀어지는 남천강 길
길 잃은 나그네 발길 따라
꺽꺽 막힌 어미 산 꿩
기막힌 울음소리
쉼 없이 흐르는
경산 남천강 수면에 흩어지는

빗방울 무늬
바람결 따라 자지러질 듯
퍼진다

풍화

이른 새벽 찬 기운으로 잠을 깨어
곁에 이불을 뒤집어 쓴 채
잠든 아내의 모습은
너무나 자그마하다

잘룩하던 허리도
높은 구두를 신던 높이도
세월의 풍화에 오그라든 듯
작은 언덕 같다

새벽 담배를 한 모금 피우며
거슬러 온 세월에 두고 온
태백준령 같은 거대한 산자락이
조그마한 언덕이 되어 있다

두터운 이불이

젊은 시절의 선을 지워 버린 것이 아니라
세월 속에서 아직 깨어나지 않은
20대 아내의
흔적을 닳도록 만든 것은
세월의 풍화

소쇄원 맑음

죽음을 향해
서늘하게 밀려오는
바람의 행진에 화답하는
댓잎 몸 부비는 소리

살을 발라낼 대로 다 발라낸
수척한 댓잎의 노래는
내장마저 다 후벼낸
몸통의 횡격막 칸막이만 남은
몸통 울림통의 반향이 되어
속물들의 금단 구역을 이루고 있다

댓잎 소리는 청청 하늘을 끝없는
하늘 위를 향해 떠받치고 있다
산에서 휘몰아온 바람이 이곳에서는 멈추고
소용돌이를 일으키며 숨을 죽여

사람들의 속된 흔적을 하늘로 하늘로
몰아가고 있다

삶과 죽음의 순화 공간
이 땅과 하늘의 텅 빈 공간에서 연주하는
몸과 몸, 살과 살이 부비는 향연의 연주
이 세상 모든 것은 분열의 낙인을 안고 있지만
소쇄원 대밭에 몰려오는 바람은
땅과 하늘을 이어내고 있다

큰 장, 서문시장

달구벌 읍성 터 서문 밖
큰 장이라고도 말했던
서문 저자에 대한 추억에 대해 말해 보겠다

겨울 방학 시골 할머니한테 얻어온
토종 멍멍이
소풍 간 사이에 푼돈이 아쉬웠던 내 어머니가
서문 장터 우시장 난전에 내다 판 날
소풍 돌아와
눈물 흘리며 찾아간 나를 향해
컹컹 짖어대던 그 울음은
지난 세월의 흔적 속으로
오래 전 이미 흩어져 버렸다

매년 정월이면 큰불이 끊이지 않더니
멍멍이와의 이별조차

까맣게 그을린
장터 불구경하러 달려갔던 어린 시절이 있었다

가난이 참으로 서러웠던 그 시절에도
서문시장은 늘 풍성했다
넉넉함이 있었다
들끓는 사람들의 정이 있었다
국수물 끓는 냄새
돼지 국밥 냄새는 장터 어귀부터
북적거리는 사람들의 소음과 함께 퍼져 올랐다

아침 조회 시간 시린 발가락을 감싸주었던
알록달록 나일론 양말
토끼털 귀마개로 시린 겨울을 비켜서서
쳐다본 울 엄마
단장해주던 포플린 속치마에

번쩍이던 공단 치마저고리
이불전에 널려 있던
베개 마구리에 수놓인 봉황은 훨훨 날아오르고

낙지, 멸치, 마른 오징어
꿈틀거리며 살아날 듯한 건어물전
은빛 갈치, 간고등어 어물전
"싱싱한 칼치, 간고등어 사이소"

망치, 팬치, 못이며
잘 벼린 낫, 호미, 곡괭이
혼수장, 재사장, 명절장보러
전국에서 몰려든 사람들 발목 잡는
국수 삶는 냄새 펄펄 풍겨 오르는
서문시장은 사람들의 천국
잊혀지지 않는 추억의 장터이다

그 속에 사는 사람들의
순박한 사람 냄새는 아직 지워지지 않고 있다
닳지 않는 추억의 힘을 갖고 있다

서호수

막히지 않은 길이 바람길, 요녕성은 역사의 길목이다. 바람길 따라 사람들 몰려다닌 밤의 전령, 늑대 울음 섞여 있는 그 달빛은 더욱 푸르다. 오직 생존이 목적인 세상 사람들, 바람길을 거슬리지 못한다. 약탈이 수단이 아닌 살아가는 방식인 그들은 무척 거칠다. 예법에 길들여진 말보다 약탈에 익숙해진 말들의 온기가 더욱 따뜻한 이유가 무엇일까? 싱싱한 사람들의 달빛 흔드는 포효로 추방당하는 실크로드보다 철마가 달리는 초원은 늘 열려 있다. 초원길의 길목 중앙아시아 가라말 발톱에 묻어온 양귀비 꽃씨, 녹색 초원에 번져가는 붉은 꽃바람이 물결을 이룬다. 그 빛이 내 몸에 번져 검은 반점의 살갗이 되었다.

2008.5 카자흐스탄에서

겨울나무

한여름 내린 빗줄기의 물기 듬뿍 마신
나무는 무거운 나뭇잎을 짊어진 채
불어 닥친 폭풍우에 가지가 찢어지더니만
수분 다 앗아가는 가을바람이 불어와
바싹바싹 말라
마지막 남은 잎새마저
다 떨어낸 겨울 나뭇가지는
아무리 거센 겨울바람이 불어와도
가지가 꺾어지지 않는다
가을바람에 불어터진 물기마저
다 날려버린 바싹 마른 가녀린 나무는
거센 겨울바람을 맞이할 줄 안다
심하게 흔들릴 뿐
꺾이지 않는다

내년 또 다시 찾아올 찬란한 봄을

기다리는 마음으로
싱싱한 푸른 나뭇잎을 키우기 위해
혼신의 힘으로 바람에 맞선다
그래서 매년 다시 찾아오는
내년 시원한 녹색 잎 건강하게
여름 장마 빗줄기를 듬뿍 마시며
불어오는 태풍이 잔가지가 찢겨지는 아픔을
다 알면서도 온몸으로 맞이한다

텅 빈 겨울 나목의 바싹 마른
가느다란 줄기로
불어오는 찬 겨울바람을 맞이하지만
다만 거세게 흔들릴 뿐이다

율려, 허무

몸에서 가슴으로
가슴에서 몸으로 이동하는 파동이
멈춘 지 얼마나 될까
낙엽이 다 진 겨울나무는
잔잔한 바람에도 온몸을 흔들고 있는데
나이가 든 내 몸은
내 가슴은
전율의 신호와 결별한 지
언제부터일까

신나는 일도
기쁨도 슬픔도
기쁨에서 몸으로 옮아가는
몸에서 슬픔으로 이어지는
교감 신호가 다 말라 비틀어진
분리된 몸만 살아 움직이고 있다

꾸역꾸역 밥 때가 되면
화차에 화탄을 쳐 넣듯이

그래도 활활 타오르는 기쁨이라는
전령이 언제 다시 찾아나 올까

발비

빗발이 돌아앉으면
'ㅅ'이 떨어져 나간 발비가 된다
늦가을 비, 바윗돌에 튕겨나가는
세모시 가느다란 실 끝처럼
금방 흔적을 보이다가
소멸하는 발비

봄, 여름, 가울, 겨울
사시에 내리는 빗발이 이끌고 오는
발비는 사시의 생기처럼
다른 모습이다

끝없는 벌판

베트남 후에 황궁에 검게 낀 이끼 틈 사이로 연한 새순을 내미는 이름 모를 풀 동네 개들이 어슬렁거리며 지나가고 끝없이 이어지는 모터사이클 아오자이 자락이 바람을 일으킨다. 슬픈 숲 속 황국은 새롭게 칠한 황금색과 붉은색 빛이 나지만 긴 세월의 침묵, 월남전 전선이 사이공에서 하노이로 하나의 색깔로 이어진 비록 가난하지만 당당한 그들의 자존심 그 어떤 순결도 영원하게 감추지 못하는 살아 있는 자들의 침묵일 뿐,

미국 비행기가 흔들어 놓던 두려움 대신 그들은 즐겁다 뜨거운 태양열처럼 달아오르는 끝없는 벌판을 달려간다 그것이 그들의 행복이다.

주르첸

여진을 오랑캐라고 업신여겼다
예의범절도 모르는 약탈과 침략이
오로지 생존 방식인
야만인이라고

예의범절과 문명은 종이 한 장 차이
대청국을 일으켜
금박으로 치장한 천안문
한문과 여진어를 나란히 궁궐 이름으로
기록하였다

물고기 수렵으로 살아가던 누추한 그들이
말을 타고 전쟁의 방식을 오래 습득하여
문명을 깨고 다시 문명을 옷을 입힌
그들에게 조선은
이마에 피가 솟도록 고복하였다

피에 굶주린 사납던 주르첸
그들이 우리의 이웃이었다
그들을 경멸했던 예의범절이
문명을 만들어 내었듯이
역사는 언제나 그런

몸의 언어

구두 혹은 문자 언어로 표현되지 않는
몸의 언어는 생각의 미혹한 어둠보다
더욱 푸르고 깊다
몸이 부패하는 시간은
생각이 그려낼 수 있는 속도보다
훨씬 더 빠르다
그럼에도 불구하고
한순간 일탈되는 몸과 생각
그 일회성의 탈골에 대해
세상 사람들은 잘 모른다
이승의 끝자락에 이어지는
그 심연의 거리를
치장하고 있는
생각의 말과 글을 벗어던진
이 몸은 어디에도 걸림이 없을 것이다
시라고 하는 몸의 언어도 또한
부질없이 노쇠해져 가는 허무의 흔적일 뿐

표준국어문법

내 어머님은 초등학교 문전에도 발 딛지 않으셨는데 새벽 아침밥 지으려 부엌 불씨를 부지깽이로 가라앉히고는 박종화가 지은 ≪자고가는 저 구름아≫를 다른 읽을 책이 없어 다섯 번째 읽으신다고 했다 늦잠 자고 싶어도 투정부리지 못하고 집안 제삿날 아침 신문봉지에 차개차개 쌓아둔 음복은 학교 담임선생님께 드리라는 묵시적인 약속 그렇게 자라나 대처에 나가 있는 다 큰 자식에게 한지에 모필로 쓴 "ᄋᆞ이야 보ᄋᆞ라" 곳곳에 맞춤법이 틀리고 표준어법이 아닌 문장이라도 영남 양반가의 안어른의 잔잔한 음성이 안개처럼 일어나 가끔 눈시울을 젖게 하는 감동과 사랑의 글을 쓸 줄 알았다 표준국어 교육 열심히 받은 내가 아이들에게 쓴 글을 읽어보니 전혀 감동이 일지 않는다 내가 어머님에게 물려받은 그 자그마한 편지 철자법에 맞지 않은 오자나 다 표준문법에 틀리는 예측할 수 있는 사투리와 그 글이 오히려 북받쳐 오르는 순수였다

음양몽설

하나가 둘로 나누어지고
다시 하나로 통합되는
그 이전은 태극이다
오음으로는 아설순치후
오방으로는 동서남북중
오색으로는 흑백적황청
오시로는 춘하추동계하이니
모두 음양이다
양과 음의 이전은 무극이니
있음이 무요 무가 또 있음이라
우주 존재의 생성과 절멸을
순환의 양극으로 보면
그 가운데 사람이 있다

잠에서 꿈으로 설하는 바를 기록한 것이다

4
부

가을 햇살

햇살이 조금씩 두터워지면서
바람에 펄펄 날리기도 하고
갑자기 땅에 내려 꽂히기도 한다
그런 사이 나뭇잎도
햇살의 결을 닮아 낙엽물이 번진다
이번에 떨어지면
다시 만날 기약도 없이
낙엽은 처렁처렁 소리를 낸다
세월의 물방아를 돌리는
가을 햇살의 눈빛은 참 행복하다

반구대 암각화

고래들이 춤추는 마을은
내륙 깊숙한 계곡에 숨어 있다
고래들은 이 비좁은 강줄기를 타고 올라와
마을에서 춤을 추고 간다
풍어를 기원하는
제신의 염원은 그를 위해
아기를 안고 있는 고래와
얼룩배기 호랑이와
허리가 잘록하고 늘씬한 살쾡이
팽이 같은 삼각형의 사람 얼굴을
그려놓았다
기마족이 밀려와 닿은 마을
철철 넘치는 언양의 물길 곁에
삼각 탈을 선 샤먼이 나와
딩각을 불며 고래를
춤추게 한다

복숭아 통조림

어린 시절 황달로 입원한
아버지 병실에서
위문하는 사람이 가져온
복숭아 통조림
그 알싸한 감미가 슬픔 대신
황달의 빛깔로 황홀했던 기억

오랜 나의 벗이
나의 병실에 위문 오면서 가져온
복숭아 통조림을 함께 먹는다

어느덧 내 몸도 서녘 짙은 노을
잘 익은 노오란 복숭아 살처럼
졸여진 단내가 허리 통증을
잠깐이나마 가라앉힌다

세월과 세월을 건너는
회한의 바람도
오랜 친구의 우정도 아버지의 기억도
삭고 삭아 디디면 깊숙이 가라앉을 듯
푸석거리며 바람에 흩어져버릴 듯

저녁노을은 차츰 어둠에 퍼져 나간다

먼동 1

캄캄하던 주위가
갑자기 물상의 뒤쪽부터 차츰
빛 길을 열고 있다

조간신문을 읽다가
창 쪽을 눈 돌려 보니
난초의 잎새
여린 천리향 잎사귀
모두 어둠을 채 털어내지 않은 채
잎새 사이로 밀려드는
환한 햇살

손을 잡고 다리를 걸고
가슴을 껴안고
반짝반짝 빛 길을 노래하고 있다

제 빛을 되찾는
수란스러운 움직임
고요하던 먼 산의 산능성이가 먼동에
서서히 어둠을 털고 일어선다

먼동 2

해가 지면
천천히 서녘 붉은 바다가
어둠을 일으켜 세우고

달이 지면
별빛 또한 함께 잦아지고

햇살이 다시 돌아와
먼 곳부터 사물을 일으켜 세운다

여린 나뭇가지 사이로
뻗어 오르는 햇살은
주위의 사물들 데리고 노래한다

달빛 고요함을
안고 칠흑처럼 어둔 하늘

찾아오는 긴 밤을 지키려 다가온다
하나님도 지키지 못하는

서녘 바람

서녘 바람 불어 오면 행여
도시로 떠난 일가친척이라도 찾아올까
낯선 소식이라도 바람에 묻어올까

해가 뜨고 달이 지는
고향에서 보냈던 어린 시절
무엇인가 늘 기다려졌던
기다림

바람 불어오는 날이면
들판 바람개비 돌리며
시간을 훑어낸
지친 추억의 흔적
여위어 가는 몸의 근육

아 고구려

사랑이 커질수록
더욱 강렬하게 타오르던 당신의 눈빛
비듬 떨어지지 않은 구렛수염

풍납토성
만주 오녀성채에 올라
기단석의 체온을 측량하며
육중한 고구려의 돌덩이 어루만지던

여워 가던 손길이
영원히 멈춘
고구려를 그토록 사랑했던
강찬석의 죽음
2013. 12. 17.
조간신문 부음란에 실린

문화유산 지킴이 1호
이승에서 외로운 정신적 혼혈
저승의 디아스포라로 다시 길을 떠났다

몸은 원시림

물질과 정신이 어울려
다리를 걸고 몸을 섞어
만들어 낸 신비한 물질

몸은 생각에 순종하기도 하지만
갑자기 등을 돌려 물질로
다시 되돌아가기도 한다

가을 낙엽 지듯이 원시림 숲 속
흔적 없이 감추어버리는
몸

노을

노을이 품은 늙은 태양은
이미 자신의 이름을 잃어버렸다
어둠과 몸을 섞는
날마다 벌어지는 일이지만
장엄함의 모습은 늘 다르다
한낮 태양이 강열할수록
스스로 자신을 해체하는 모습은
더욱 황홀하다
다만 오늘처럼
비 내리는 날
낮과 밤의 경계는 비에 젖음으로 인해
또한 어두우면서 아름다울 따름이다

자연

지구방구는 영하 40도의 한기가 그 건너 대륙의 영상 40도를 웃도는 여태 지구가 겪어보지 못했던 변화의 시작 미세 먼지가 하늘 뒤덮은 자부룩한 하늘 바람길 따라 수십만 철새가 북쪽으로 날아간다. 피를 토하며 죽어가는 AI가 깃털 따라 이곳으로 묻어왔다. 오리와 닭 수만 마리를 산 채로 땅에 묻는 방역의 소식이 숨가쁜 일기 예보와 함께 방송된다. 하나님이 왜 계시는지 부처님이 왜 계셔야 하는지 자연은 결코 선하지만 않다. 인간도 그 일부일 뿐인가?

태양

저녁노을에 몸을 푼
태양은 자신의 이름을 잃어버린다
황혼의 넓은 바다
장엄한 어둠으로 건너는 시간
머뭇거림도 잠시
저녁노을이라는 몸속에 숨긴
태양은 자신의 본질을
스스로 포기해 버린다
비록 짧은 순간이지만

황혼의 넓은 바다
바람 따라 펄펄 날기도 하는
화려한 색상은
다만 짧은 순간 머물렀다
어둠으로 건너야 하는
운명적인 잠깐의 변색일 뿐이다

꽃에 맺힌 이슬방울

이른 새벽 몸을 감춘 잎새엔
한밤 동안 흘린 눈물
방울방울 영롱하게 매달렸다

어둠을 걷어내고 햇살이 다가오면
씻은 듯 눈물 걷힌 자리
짙은 꽃잎이 일어선다

하루하루 피었다 몸을 감추는
숨바꼭질
언젠가 씨앗 맺는 힘든 시간도 지나

화려하게 몸을 푼
꽃들의 견고한 고통
소리 없이 매달렸다 사라지는
이슬방울 같은

지난밤이
이 꽃의 전 생애를 입에 머금고 있다

고향

서울에서나 동경에서나
고향 말만 들어도
어디선들 늘 그립다

언제 어디서고 엄마라고 하면
서럽듯 그리운 듯

어느덧 아내가 아이들의 어머니가 되어
가슴에 쓸어안기는 아이들
언제 어디서고 그리운 듯 서러운 듯
고향
그 한 마디는 어머니를 떠도는 아이들의
정박지
어두운 밤에도 닻을 거두어 주는
넓디넓은 포구다

산

봄 산은 푸들푸들 떨면서 세로로 일어서려고 한다. 까까머리 층층이 난 솔빗을 털면서 여름산은 봄에 틔운 꽃잎 새순을 흔들면서 소쩍새 오라고 손짓한다. 풋풋한 밤꽃향기 바람에 흔들리며 여인들을 유혹한다. 가을산은 지난날 산의 기억을 지우며 가슴에 온갖 빛을 끌어안는다. 곧 땅 속에 묻힐 숱한 단풍과의 정념과 이별을 아쉬워하며 소쩍새 핏빛 울음 토해내는 겨울 산은 덜어버릴 것 지울 것 없는 텅 빈 가슴과 바람만 남아 있다. 검은 색과 흰빛 또는 절대 순도의 채색 빛으로 겹겹 둘러 있는 제주의 겨울 산.

욕망을 비우면서

세상에 진한 것이 있다면
정념보다 더 붉은 것이 있으며
세상에 슬픈 것이 있다면
사람의 죽음보다
더 어두운 것이 있으며
세상에 귀한 것이 있다면
세상 모든 어린아이보다
더 귀한 것이 어디 있으며
세상에 놓지 않고 싶은 것이 있다면
내가 알지 못하는 지식이 담겨 있는
책보다 더한 것이 어디 있으리
하긴 세상 사람들
다 중하다고 하는 재물이나 생명은
내가 중하다고 여긴들
저절로 나를 찾으며 지켜 주겠는가
제 오고 싶으면 오고

가고 싶으면 가고 마는 것이니
작은 것인들 내가 누릴 수 있는 것은
책보다 더 귀한 것이 어디 있겠는가

아름다운 모습

세상에
사람보다 더 아름다운 것이 어디 있을까
꽃들이 자연이 아름답다고 하나
사람보다 아름다운 것은 없다
60을 넘긴 아내가 돋보기 너머 조용히
책 읽는 모습
곁에 잠든 강아지 머리를
이따금 쓰다듬으며
책갈피를 세월 넘기듯
세상을 읽어내는 아내의 모습

안녕하세요

길거리에서 만나는 모든 사람에게
안녕하세요

아파트 입구에서 우리집 통로로 이어진 모든
사람들에게 안녕하세요
인사를 해도 아무도 내 인사를 받지 않는다
안녕하세요
무심한 얼굴로 처다볼 뿐이다

회사 동료들에게 안녕하세요
아무리 아는 척 인사를 해도
모른 채 지나가버린다

아니 내가 이미 이 세상에 없는 유령인가
이승과 저승이 맞닿아 있는
이 세상 내가 올 곳이 아닌가

그래도 어쩔 것인가 내가 살아 온 듯이
인사를 하면서 살아야지
안녕하세요
안녕하세요

초여름 밤

세속으로 달려가는 길을 접으니
눈에는 청산이고 귀에는 새소리라
갈 길이 머잖으니 세상 둘러보는
여유가 있어 입으로는
할 말이 줄어들고 귀에는 바람소리뿐
헌 옷은 아니더라도 얼룩진 옷 벗어 던지고

내 평생 끌려다녔던 학문도
세상길처럼 어긋나는 것 또한 많으니
먼지 낀 얼굴 씻을
맑고 푸른 강 어디 있을손가
먼 발치 장맛비 몰려오니
지는 석양볕 물가에 꽃빛 되어 어른하네

봄꽃 지자 우거진 숲에도 해는 더욱 길어지고
몰려오는 잠 밀어내는 벌레소리, 새소리

내 외로운지 어찌 알고 나를 달랜다고
어찌 저리 소란스러운가
해는 져서 서산으로 산으로 넘어가니
기다린 듯 저녁비가 듣기 시작하네

바람

봄바람은 흔들거리면서 햇살 부서지듯
여름 바람은 거침없이 햇살 안고
가을바람은 수줍은 듯 햇살 비켜서고
겨울바람은 놀랜 듯 햇살 등 뒤를 밀면서

계절 따라 다른 얼굴로 한시도 쉼 없이
이 세상을 쏘다니고 있다
꽃잎 흔들리듯 낙엽 져서 구르듯
저 멀리서 가까이서
눈에 보이지 않는 산짐승처럼
내가 사는 28층 아파트 머리 위를
쏜살처럼 휘젓고 있다

소리 없는 깊은 강자락에서

깊은 강물 소리 없이 흐르지만
온갖 물고기들은
강줄기의 두터운 축복을 모르고
기슭을 거슬러 오르는
그 세월은 강줄기의 상류
끝없이 얕은 여울에 몸 담근 채
태양볕 말라가는 등지느러미

이젠 햇살이 보인다
큰 강물 줄기가 힘차게
우리를 안고 돌아온
세월의 힘이
그냥 곁에 있다는 것이
얼마나 온고하고 감사했는지
저 성기 논두렁 잔디에 누워
지난 세월을 불러올 휘파람을 분다

세상 그립지 않는 것이 없다

소유로부터 벗어난 것들은
모두 그리워지나니
시간과 공간이 만든
멀어져 있음 탓인가
추석 연휴 휴대 전화의 전원을 끄고
아침마다 배달되던 신문도
TV 전원도 잠든
빈 며칠을 몇 권의 책을 끼고

이렇게 세상과 약간 벗어나 있는
시간의 그리움과 아름다움이
가득할 줄이야

특별한 사랑의 추억도 없이
마냥 보고 싶은 사람들도 생각하며
넘기는 책갈피에 포개어지는

그리운 영상을 만난다

푸른역사 책 만드는 박혜숙
왠지 연민의 다사한 솔바람 되어
행간을 뒤꼬고
학문을 찍어내는 그녀의 고적함
만주 여진사에 유별난 관심을 가진
털메투리 눌러선
만주 여인의 눈빛을 가진

때 아닌 눈포래 날리는
서울 시경 옆길을 소리 없이
걸어가는 그녀의 주변에
밀어닥치는 고요와 적막함

그리움은 다시 소유로 향해 달려간다

영선못

영선못 뚝을 바람개비처럼 내달리다가
왕철갱이 꽁무니에 진흙칠해서 허공을 휘저으며
수컷을 유혹하며 놀던 그 텅 빈 세월의 자리에는
학교와 슈퍼마켓과 약국, 문구점, 라면가게, 빵집이
들어서서 지난 세월을 향한 길을 가로막고 서 있다.

그러나 아직 그 밀집된 도시의 내면으로 흐르고 있는
세월의 숨소리가 귀 기울이면 들린다.
영선못 물길처럼 넘쳐 흘러내렸던
세월의 그리움이 있다.
바람처럼 일어나는 일어서는
그리움 속에는 아직
대구 사람의 따뜻한 온기는 남아 있다.

해설

원시성의 회복

변학수(문학평론가, 경북대 교수)

나는 유난히 독일 낭만주의의 카스파 다비트 프리드리히라는 화가를 좋아한다. 그 이유는 그의 수묵화 같은 붓놀림 때문이거나 달빛을 구부려 사랑의 동경을 만들어 내는 그의 조형술 때문이기도 하지만, 무엇보다 그가 원시적 충동을 그리는 화가이기 때문이다. 파도가 치는 바닷가에 단장을 짚고 서있는 신사의 뒷모습을 그린 「안개 바다 위의 방랑자」가 그렇다. 나는 이 그림을 보면서 그 신사가 바로 이상규 시인이 아닌가 하는 생각이 든다. 왜냐하면 그의 시야 말로 만질 수 있고 충동질하는 것들의 언어로 조형되어 있기 때문이다. 시인의 시적 태도는 다만 낭만주의의 그것처럼 단순한 그리움을 노래하거나 생경하고 날이 선 현대적 시인들의 난해한 해방에서 찾을 수 없는 원시성과 관련되는 것들이다.

그의 시가 지향하는 것은 원래 시의 고향이었던 주술과 마법으로서, 시를 만든 그 원천으로 돌아가려는 태도에서 나온 것으로 보인다. 원래 주술은(나중에는 마법이 되고 마술이 되었다) 누군가와 무엇을 축복할 수도 있고, 누군가와 무엇을 저주할 수도 있는 것이었다. 그러니까 주술은 우리의 생명과 같은 것이었다. 생명을 지키거나 생명을 없애는 것, 그것이 바로 주술이었다. 그런 힘들을 향한 믿음은 그의 시 곳곳에서 찾아볼 수 있다.

길이 잘 들여진
우리 가족과 동거하는 베리
유난히 검고 윤택한 털빛
두 살짜리 암캐

집 나간 지 며칠이 지났다
(…중략…)

중국에서 밀려온 황사가 어둠까지 몰고 와
어두운 날 골목길 가운데 놀이터 숲 속에

여러 마리 수캐 사이에 둘러싸여
주인이 다가서는지도 모른 채
수캐의 숨찬 거품을 깨문 한낮의
하혈하는 쑥스러움을 감추려는 듯이
컹컹 짖으며 아내 품에 달려와 안긴다

—「암캐의 외출」 부분

시는 세상의 알레고리다. "길이 잘 들여진", "어둠까지 몰고 와"나 "여러 마리 수캐"는 평범한 언어로 보이지만 "베리"의 행위를 암시하는 맥락 속에서는 주술적 상황으로 세상을 바꾸어버린다. 충동은 법보다 강하다. 길을 가는 어떤 남자나 여자를 관찰해보라. 어떤 경우도 앞모습에서는 그 마음을 읽을 수 없다. 앞모습은 다만 우리를 실망하게 할 뿐이다. 그러나 실망(失望), 즉 바라던 것을 잃어버림으로써 우리는 진실을 찾을 수 있다. 이런 맥락에서 굳이 이상규의 시 정신을 말한다면 그것은 전경에 가려진 배경이라는 공식을 얻을 수 있을 것이다. 그가 바라보는 것, 그의 "손녀"나 그의 집 개 "베리", 그의 "아내", 그의 "엄마"는—물론 이런 것들이 실재하는지는 알 수 없고 실재한다한들 시와는 관련이 없다—그가 늘 이면에 그리는 왜곡되지 않은 원시적 원상일 것이다.

손녀 윤이는
캐들거리는 웃음소리로
추석 무렵의 수성못 들안길과
이상화의 빼앗긴 들과 그의 침실과
갖고 놀던 장난감 자동차와
아내의 얼굴과
아침 배달 조간신문과
멍멍이와 침대와 소파와
훈민정음 해례본과
여진족이 쓰던 문자와
그리고 손녀가 머물던 빈자리까지 모조리

—「마이다스의 손」 부분

원시성이란 멀지 않은 곳에 있다. "손녀 윤이"와 "강아지 베리"처럼 가까운 곳에 있다. 그것들은 삶 자체를 지배하고 삶 전체를 바꿀 수 있는 강력한 무기이지만 우리가 이성과 계몽과 도덕의 눈을 뜨고 보면 보이지 않는다.

시인이 연구하는 "훈민정음"이나 "여진족이 쓰던 문자"는 그에게 그 무엇보다 중요한 일일 것이다. 그러나 "캐들거리는" 손녀의 웃음소리는 한 번 만에 이 모든 것을 완전 무장 해제할 수 있다. 이런 순간은 우리가 선잠에서 깨어 어렴풋이 감지하거나 놀이와 장난 가운데서, 또는 꿈 같은 원시성의 중심에서 제대로 경험할 수 있는 것들이다. 베를렌이 "중얼거림"이라고 표현한 것, 박수무당의 눈빛에서 읽을 수 있는 것, 어머니의 자장가 사이에서 꿈틀대는 것들이 바로 원시성이다. 그러므로 시는 시인에게 삶의 이면에서 작동하는 그 어떤 충동 같은 것들을 겨냥하고 있다.

화가 방정아는
캔버스를 가득 채운 건물의 옥상이나
출렁거리는 바닷가 거친 돌섬 위에
발가벗고 누워 있는 여인을 배치한다
눈도 코도 보이지 않는
작은 모습으로 드러누워 있다

화가 이수동은

달과 나무 사이에 반쯤만 드러낸
여인, 눈도 코도 보이지 않게
조그마한 모습으로
뒷모습만 드러낸 채 서 있다

—「늘 누워있는 여자」 부분

상상할 수 있고 그리워할 수 있는 것은 늘 이렇게 "눈도 코도 보이지 않는" 것이다. 대신 시인은 우리에게 그 "여인"과 심미적으로 간음하게 한다. 아마도 독자는 "출렁거리는 바닷가"나 "달과 나무 사이에서" 그 "여인"의 가슴이 충동질하는 것을 느낄 수 있는 그 어떤 "도시 사람"일 것이다. 시인의 주술은 이렇게 도시 여인에서 하나의 또는 다양한 야성을 찾음으로써 시적 페이소스를 만들어낸다. 충동질을 화판에 옮겨놓은 프리드리히나 이 시 속의 "화가 방정아", "화가 이수동"은 결국 의식적 부정이라는 제의적 수단을 사용한다는 점에서 결국 시인의 분신이라고 말할 수 있다. 시인이 사용하는 마법적 몸짓은 특별한 언어의 축제를 통해 체현된다. 우리 삶에서 이런 경우는 흔히 찾아볼 수 있다. 여담이지만 근래에 나는 경북대학교 북문 근처의 한 술집에서(분명 거기에는 나 이외에는 오로지 젊은이들 밖에 없었다) 찌그러진 주전자에 막걸리를 담아 먹고 도시락(옛날에는 일본식으로 벤또라고 했다)에 밥과 멸치와 계란에 부친 소시지, 고추장을 넣고 흔들어대는 젊은이들을 본다. 20대에게 70년대의 추억이라니! 이렇게 원시적 축제 같은 것은 오래 간다. 역사의 뒷모습은 문헌에서 실증적으로 관리할 수 없는, 손으로 만질 수 없고 들을 수 없는 집단무의식으로 오래 전승되는 것인가?

손에 쥐었던 돌도끼 내려두고
뼈마디가 다 일그러진 돌무덤
구멍이 난 유골의 눈두덩과 콧구멍

천년 세월의 밤하늘이 깃들고
몇 개 남지 않은 이빨 사이로
흙바람 들락거리는 공기의
흔들림이 들려온다

(…중략…)

이젠 신석기 돌무덤 이름표를 달고

이승 사람들과 마주치는
허망한 눈빛
그 심연의 거리를
구경하는 그대 또한 언젠가

그렇게 식어 다시는 일어서지 못할
구멍이 난 유골의 눈두덩과 콧구멍

—「미추왕릉」 부분

이상규 시인이 죽음의 "왕릉"에서 확인하고자 하는 것은 단순한 역사적 상상력이 아니다. 그는 책에서나 이성적인 세상에서 만날 수 없는 시적 주술의 순간에 체험할 수 있는 낯선 것을 제공한다. 시인은 반복("구멍이 난 유골의 눈두덩과 콧구멍")과 페이소스("흙바람 들락거리는", "허망한 눈빛")라는 주술의 언어를 통하여 원시적 축제를 재현하고 현대 사회의 고통스런 인간의 모습에 대입하고 있다. 아, "유골"은 우리 존재의 아름다움을 얼마나 갱생하고 있는가! 이 시 속에서 "다시는 일어서지 못할" 원시인과 다시는 "춤을 출" 수 없는(「반구대 암각화」) 현대인, "부질없이 노쇠해져 가는"(「몸의 언어」) 현대인과 "피를 토하며 죽어가는"(「자연」) 미래인, 그래서 결국 미래인과 원시인이 서로 만나 대화할 수 있다. 그들을 부른 무녀는 바로 시인일 것이다. 들소를 잡고 고래의 풍어를 기원하던 원시인은 다시 오지 않는가? 시인은 낭만적 우수에 사로잡혀 포기하지 않는다. 이런 말로 표현할 수 없는 인간상을 그는 말로 표현하지 않고 주술로 들려준다. 서호수란 뒷모습으로.

막히지 않은 길이 바람길, 요령성은 역사의 길목이다. 바람길 따라 사람들 몰려다닌 밤의 전령, 늑대 울음 섞여 있는 그 달빛은 더욱 푸르다. 오직 생존이 목적인 세상 사람들, 바람길을 거슬리지 못한다. 약탈이 수단이 아닌 살아가는 방식인 그들은 무척 거칠다. 예법에 길들여진 말보다 약탈에 익숙해진 말들의 온기가 더욱 따뜻한 이유가 무엇일까? 싱싱한 사람들의 달빛 흔드는 포효로 추방당하는 실크로드보다 철마가 달리는 초원은 늘 열려 있다. 초원길의 길목 중앙아시아 가라말 발톱에 묻어온 양귀비 꽃씨, 녹색 초원에 번져가는 붉은 꽃바람이 물결을 이룬다. 그 빛이 내 몸에 번져 검은 반점의 살갗이 되었다.

—「서호수」 전문

시인은 화자의 압도된 심리과정을 오로지 배경으로만 묘사하면서 어떤 판단과 감정도 유보한 채, 딴청을 부리고 있다. 시의 제목과 묘사는 너무 낯설어서 "서호수"가 무슨 자연의 풍경이라고 되는 듯 착각을 불러일으킨다. 시인은 문자 사이로 사라진 주술, 행위들을 다시 문자로 불러오는 마법을 부린다. 말하자면 문자 주술인가? 우리는 그의 주술을 통해 여기서 한 원시인을 만난다. 이 원시인은 어느 날부터 도덕과 "예법"으로 길들여진 독자를 섬뜩하게 만든다. 왜냐하면 우리는 그동안 그 원시인의 축제는 본 일이 없기 때문이다. 그가 모습을 드러냈을 때, 그 빛은 "내 몸에 번져 검은 반점의 살갗이 되었다". 그 막히지 않는 "바람길"은 바로 우리가 꿈꾸고 희망하는 오래된 미래, 우리의 바람(望) 길이 될 것이다. 전경(前景)에 드러난 언어적 암시와 함축들은 우리를 원시적 축제와 원시의 야만성과 충동에 휩싸이게 만든다. 그럴 때 우리의 제한적인 삶은 풍요로워진다.

시전문지 13월 호에 실린 나의 시를 아무리 읽어봐도 뭔 소린지 모르겠다. 누가 썼는지도 모르겠다. 시가 이데아라고? 구원이라고? 시가 그렇게 위대하다고? 시의 위의(威儀)라고? 한 때의 상처와 마주했던 언어라고? 아팠던 상흔의 기억이라고? 오랫동안 단어들에 익숙한 한 사람이 단어 옆에 단어와 나란히 포즈를 취하고 있었다. 오랫동안 시에 익숙한 사람이 시 옆에 시와 나란히 포즈를 취하고 있었다. 값비싼 종이에 인쇄된 먹으로 깊이 눌러 찍어낸 내 시의 가려운 혓바닥, 13월의 시를 나는 찢어버린다.

그러자 그 자리엔 푸른 나무 한 그루가 솟아났다. 영성의 땀방울이 찢어진 종이 잎에서 꿈틀대고 있었다.

—「13월의 시」 전문

그렇다. 시인이 구상하는 원시의 축제는 "찢어진 종이"에서 시작될 것이다. 모든 기존의 것을 파기할 때 우리는 원시의 푸른 그림자, "푸른 나무 한 그루"를 꿈꿀 수 있고 종이 뒤에 꿈틀대는 원시의 축제를 예감이라도 할 수 있다. 시인은 꿈꾸는 자다. 어떤 시인의 말처럼 도회의 콘크리트 아파트를 뒤엎어 보리밭으로 만드는 반란이 아니고서는 도대체 원시성의 회복은 어려울 것 같다. 계몽의 절대명제 아래 시를 "이데아"라 하고, "구원"이라고 하는 동안 우리는 이 인간의 인간다움을 추구할 수 없다. 그렇다고 낭만주의적 감정으로 원시축제가 회복될 수도 없으며, 더구나 현대인의 기계화되는 체계화로 삶이 원시성을 회복할 수도 없다. 그렇게 되면 "시에 익숙한 사람이 시 옆에 시와 나란히 포즈를 취하는" 일밖에는 되질 않는다.

사물의 뒷부분을 오랜 시간 응시하고 있는 이상규 시인은 자신의 언어 거물망에 살아 있는 인간 존재의 무심한 파편들을 언젠가 건져 올릴 날이 오리라 기대하고 믿는다.

13월의 시

1판 1쇄 발행_2016년 05월 15일
1판 2쇄 발행_2016년 12월 15일

지은이_이상규
펴낸이_양정섭

펴낸곳_작가와비평
등록_제2010-000013호
블로그_http://wekorea.tistory.com
이메일_mykorea01@naver.com

공급처_(주)글로벌콘텐츠출판그룹
대표_홍정표
편집_송은주 디자인_김미미 기획·마케팅_노경민 경영지원_안선영
주소_서울특별시 강동구 천중로 196 정일빌딩 401호
전화_02-488-3280 팩스_02-488-3281
홈페이지_http://www.gcbook.co.kr

값 12,000원
ISBN 979-11-5592-174-6 03810

※ 이 도서의 국립중앙도서관 출판예정도서목록(CIP)은 서지정보유통지원시스템 홈페이지(http://seoji.nl.go.kr)와 국가자료공동목록시스템(http://www.nl.go.kr/kolisnet)에서 이용하실 수 있습니다. (CIP제어번호: CIP2016009214)